노랫말싯구

귓전에 맴도는

노랫말 싯구

박울보 글·사진

좋은땅

시 놀이

어느 산 등산을 마치고 산 아래 내려오니
솔밭 공터가 있고 앞으로 황토밭 넓구나
셋이 공터에 앉아 시작(詩作) 놀이 꾸미네
제비가 하늘에서 뽑은 순서로
용뱀은 1-2-1로 걸리고
나이는 2-1-2로 뽑히고
동신은 3-3-3로 마무리
시제로 주어진 낱말 순서로
초장에 나--말--꽃
중장에 삶--흥--끝
막장에 철--술--꿈이로다

(먼저 용뱀 초장 치기를)
나는 모름을 모르는 영리하고 똑똑한 천재라오
제법 큰 도시에서 나를 많이 부러워들 한다지오
글재주로 신문 사설의 주인공이 된 업적도 있고
동년배 사이 제일 잘나가는 일머리 재간꾼으로
뭇사람들이 우러러 존경하고 추앙하는 존재라오
(다음 순서인 나이는)
말없이 당신의 그 자랑스런 존재를 지켜본다오
모양도 볼품없고 말솜씨도 그저 그런 보통인이죠
하루 세끼 굶지 않고 동네 걷기 일상에 만족하는
손재주도 없어 넉넉지 않고 명예도 잘 모르는
뭇사람들 시선에 감추어진 장난감 병정이라오

(초장 막 동신께서 읊기를)
꽃은 들꽃으로 생겨 나와 태생이 흔한 잡초라오
변변한 수양한 일 없지만 말재주로 소문났지요
어려운 사정 홀리지 못해 콩알 반쪽도 나누니
나이 숫자 느는 만큼 인기 가도 꾸준히 타올라서
만나는 사람마다 반겨 주며 즐거운 삶 이어 가죠

〈중장 때 나이가 먼저〉
삶은 스스로 그린 자화상 그림과도 같소
그저 그리기를 좋아하면 마냥 즐거울 것이나
아무리 애써도 착상도 구색도 못 할 때도 있죠
혼자만의 힘으로 모든 걸 다 이룰 수는 없지요
알음알음 조력자 힘 합해져야 작품 완성되지요
〈다음 용뱀이 받아서〉
흥하고 망하고 이루고 쇠하고 흥망성쇠라
생명은 본디 없다가 갑자기 이유 없이 생기죠
자신 의지로 무엇 되고 누가 되고 할 순 없지요
기억의 발자취 남지만 시간이 기억을 없애죠
만년 역사 이어 가지만 추억은 먼지로 사라지죠
〈중장 막 동신께서 읊기로〉
끝없이 살아가는 생명체란 게 있을까나
살아 죽어 천 년씩 산다는 주목이 최장일 테죠
길게 사는 것보단 어찌 사느냐가 중요하지요
지난 세월 술태배기로 명성 떨치며 살았지요
웃기고 술 잘 사주는 수다꾼으로 남고 싶을 뿐이죠

[용뱀이 막장 나서길]
철이 없이 장난기 많던 어린 시절이 있었소
죄의식 없이 친구 조롱하고 고무줄도 끊어 봤죠
달빛은 차기도 하지만 줄기도 하다 숨기도 하죠
인생도 달짝도 하지만 맵기도 하고 쓰기도 해요
성공이란 행복한 눈물과 쓰라린 눈물의 결실이죠
[나이도 이어서 맺길]
술을 잘 빚으면 소문난 명장도 될 수 있어요
옛날엔 천한 신분으로 홀대받고 시달림도 있었죠
수 대 가업이 이어지면 외려 찬사받는 시대가 왔죠
농주가 제대로 익으면 청량 감칠맛 향이 세상 덮죠
행복이란 희망 품고 시름 더는 달항아리 마법이죠
[동신께서 마무리 지으며]
꿈을 세우고 키우고 이룬다는 게 쉽지만은 않죠
자기 꿈 실체를 명확히 정의 실현하기란 참 어렵죠
꿈은 멀어 잘 보이질 않고 모양도 흐려져 모호하죠
어쩌다 운 좋게 이룬 꿈도 나중엔 미완의 조각상이죠
희망이란 소원이 이루어지리란 허황된 꿈일 뿐이죠

여행을
　즐겁게
　　하고 싶다
　　　아이들처럼

목차

자연 미소

가을 색깔 풍기는 비 오는 날 아침
잔잔하니 불어 살랑거리는 바람이
홀로 선 나의 양 볼에 스치네

노란 우산 가리어 다가오는 걸음
새콤 향기 뿜어 곁눈질하는 찰나에
번개처럼 다가온 자연스런 웃음

반딧불처럼 잠시 밝힌 등불에 반해
다빈치 한평생 그리다 다 못 그린
모나리자 마음을 이제야 알겠네

번쩍이는 순간 가슴으로 새겨진
마음 바쳐 웃는 모습이 참 좋아
어색한 영혼 씻겨 주는 미소니까

입추

가을이 온다
산 정상에서
길 바닥으로
냇가를 건너
들녘을 타고
집으로 온다
내 마음 깊이
얼룩물 든다

사랑 오름

사랑은
사랑인지 모르면서
사랑에 빠져든다오
아, 그래-그래그래-그~래
일요일에 만나
첫차 타고 가면 돼
초조한 기다림 끝에
반갑게 맞은 사랑
머리 맞대고 돌리다가
갑자기 토라져 다투고는
조급해져 떠난다오
막상 헤어지면
오! 보고 싶고 또 보고 싶네
모래시계처럼 반복되는
수많은 시행착오 겪으면서
색다른 추억을 쌓으면서
사랑은 하늘 높이 오른다네

책 읽는 여자

갈빛에 녹아
떡갈도토리가 스르륵 굴러가고
맥문동 보라 꽃이
꼿꼿이 피어 나란히 키 재며 우쭐댄다

어린 남매가
싱글벙글 웃어 가며 경주하듯 달린다
서로 이길 욕심에
숨도 차지 않고, 땀도 나질 않는단다

앞에서 다가오는 흰점박 비둘기
머리 깍듯이 세우고 터벅터벅 오는 꼴이
내가 더 큰데
자신감은 나보다 크다

꽃문양 옷에 달고 달이 다가온다
잠시 스쳐 갔건만 향기 넘쳐 숨이 막히네
벤치에 앉아 책 읽는
항아가 자꾸 눈에 밟힌다

주) 항아: 중국 고대 신화에서 달 속에 있다는 선녀

13

양우산

햇살 좋은 아침
말을 거는 할머니
해가 쨍쨍한데
우산은 왜 들고 가시나
아니 이거 양산이래요

비바람 치는 날
목청 높여 부르며
비가 퍼붓는데
양산은 왜 쓰고 가시나
아아 이거 우산도 돼요

호기심 많은
할머니가
양산도 되고
우산도 되는
양우산을 알았네

가는 길 서로 달라도
마주치면
말을 건네고
정도 나누며
함께 행복을 꾸려 갑니다

뜬구름

우리 인연은
운명이고 숙명이다
어쩔 수 없는 힘에 이끌려
훅 당겨진 인생의 파도다
뚜뜨르르 뚜~뚜 장단 깔고
선녀의 손짓으로 다가와선
나라엔 정박할 항구도 없는
매머드급 크루즈를 몰고 와
연못 속 뜬구름 잡게 한다네
작은 세모의 가슴으로
어찌 큰 뜻을 맞추고
꿈으로 감히 품으리까
초승달 미소로 예쁜 당신
늘 그렇게 화려한 바탕으로
누구나 반겨 주시길 바라오

잠결에

나는 꽃
나는 벌과 나비 중에
누가 날 찾아 와줄까
기대감에 벅차올라
꿈속으로 스민다

나는 꿈
우리 아빠와 엄마 중에
누가 날 살피러 올까
뽀뽀뽀 사랑에 녹아
바닷속에 잠긴다

나는 바다
해양 고래와 상어 중에
누가 나의 파도 탈까
격랑 물결 회오리쳐
하늘 위로 솟는다

나는 하늘
비행 위성과 접시 중에
누가 내 맘 실어 날까
총총별 소망을 품고
은하수 항해한다

돈 사랑

그래
너 없이는
못 살아
그래야 되지
네가 있어야
나도 존재하지
먹고 마시고
잠도 잘 자게 되지
산천초목 하나 없는
도시는 야박하니까

그래
너 때문에
못 살아
그건 아니지
너는 없어도
나는 살아야지
보고 들어도
마음 싹 비워야지
이심전심 애정 없는
가슴은 차가우니까

웅크림

눈을 뜨자 눈 내린 겨울이 열립니다
여느 때처럼 한 손으로 김밥을 물고 맛보기 한다
눈은 떠 있지만 사위가 어둡다
생각이 느닷없이 과거의 사람들로 채워진다
꿈속 남자는 그때와 달리 윗분이 되어 나를 부린다
공도 찾아 주고 방향도 잡아 주지만 호통도 따른다
무거운 짐을 메고 아낌없이 시중을 든다
서열이 바뀌어 하는 놀이가 새삼스레 즐겁기만 하다
현실에 없는 과거의 남자는 아련해진다
뜬 눈을 다시 밝히니 풍경이 쓸쓸하다
빛을 품은 환한 미소가 눈 안으로 들어왔다
동시에 아삭한 김밥이 혀를 타고 맛을 낸다

속도

나는 걷고 너는 뛴다
누가 빠를까
거북아
아이들 놀이터
쉼 없이 깔깔대며
주고받는 공 돌리기
시끄러운 외침도
귀에 거슬리지 않는
함박 웃음꽃
아직은 건조한 겨울 아침
황금 태양이 비추는 곳은
산도 벽도 붉게 물드는데
저 달은 하얗게 은빛 나네
달답진 않지만
그 속에 들어가면
눈 감고 사는 곳
출근버스와 지하철
눈 뜨고 사는 곳
유람선과 관광버스

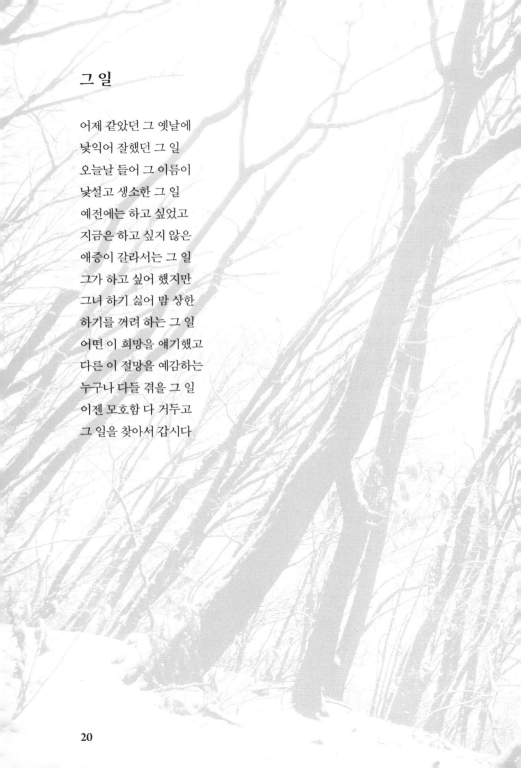

그 일

어제 같았던 그 옛날에
낯익어 잘했던 그 일
오늘날 들어 그 이름이
낯설고 생소한 그 일
예전에는 하고 싶었고
지금은 하고 싶지 않은
애증이 갈라서는 그 일
그가 하고 싶어 했지만
그녀 하기 싫어 맘 상한
하기를 꺼려 하는 그 일
어떤 이 희망을 얘기했고
다른 이 절망을 예감하는
누구나 다들 겪을 그 일
이젠 모호함 다 거두고
그 일을 찾아서 갑시다

자괴감

젖먹이보다 더 운적이 있다
가슴속에 눈물이 글썽거렸다
엄마가 살면서 딱 세번 울거라
신신당부 다짐하라 말했는데
연인도 친구도 모두 떠나가고
이성도 감성도 다 잃어버리니
목메어 아니 울 수가 없었다

부모상보다 더 곡소리 한다
가슴속에 울분이 출렁거린다
선생님 생애 세번만 실패하라
가르치고 기억하라 말했는데
가족도 지인도 모두 갈라서고
맘 따로 몸 따로 건강도 잃으니
자신이 미워 울 수밖에 없구나

구세주

놀이터 출입구서
차막이 말뚝 지나
화단 옆에 웅크려
무언가 주시하는
착한 검은 고양이
곁을 스쳐 지나도
꼼짝을 안 하다니
뭐지 뒤돌아보니
화단 숲 무리에서
홀로 선 흑비둘기
앞으로 다가서도
도망도 아니 가고
안중에도 없구나
야야야 소리 내니
비둘기 움찔하네
박수를 세번 치니
고양이 깜놀하여
비둘기를 덮치네
신호로 목숨 건진
비둘긴 넓은 마당
무리 속 빤히 숨네
고양이 날 보고는
으앙 소리 지르곤
화단 속 사라지네

봄 안개

굵은 비 지나고 새날이
유리창에 창호지 덮듯
한 치 앞도 보이지 않는
희뿌연 빛깔의 도화지
시를 지어 붓으로 적고
배경 산수 서예 수놓고
탁주에 부침개 상상화
이른 아침부터 취하네
곡기 채우고 일어서니
앞동산 큰 나무줄기가
위로 아래로 뻗쳐 나고
몸 풀고 명상을 마치니
나뭇가지 흔들거리고
저 멀리 시장도 보이네
모든 채비를 갖추고선
얌전히 문밖을 나서면
아득한 삼각산 또렷해
맑고 밝은 세상 풍경화
싱글벙글 펼쳐지겠지
점심때가 다가왔지만
이내 바람은 사라지고
점점 더 짙은 안개 뿌려
김 서림 시야 가리듯 하네
오늘의 산책은 집에서
꿈결처럼 머무는구나

멀리서

멀리서 보면
날아가고
또 날아가고
세모난 각진 숲에서
까치가 계속 날아간다
말도 안 되는 작은 장소에
대체 집들 얼마나 되길래
까치가 줄줄이 날아가는가

멀리 서보면
날아들고
또 날아들고
네모난 골진 숲으로
비둘기 계속 들어간다
말도 안 되는 작은 공간에
대체 둥지 얼마나 많길래
비둘기 쉼 없이 들어가는가

강풍 실린 봄비

오늘 밤부터 비가 내린다네
봄의 주인 꽃들 많이 지리
아침 해는 밝아 평온하지만
곧 바람 실린 꽃비 내리리
아카시아꿀 향 뿜는 참싸리
이리저리 고개 흔들어 대고
통나무 벤치 놓여진 숲속엔
솔 향이 짙게 배여 흘러가지
여긴 본 적 없는 새들도 많고
듣도 못한 새소리도 새롭지
오늘따라 난데없이 하늘에
까마귀 떼 지어 몰려 도는데
비바람이 세차게 몰아칠까
우려하며 바삐 걸음 널뛰네
뿌연 물안개 오르다 걷히면
풍만했던 벚꽃 홀쭉이 되고
존재감 없던 철쭉은 커지리
신록 팽창하는 새로운 길로
비옷 걸쳐 홀로 걷는 산악인
뒷모습 좇아 마음만 따르리

가을 예찬

가을이다 가을
황금물결 물든 넓디넓은 들녘
기적 소리 달린 열차 따라 숙인
들풀들의 인사 길손이여 안녕
저기 한 아름 코스모스꽃들이
저토록 아름답게 핀 적이 있었던가

갈빛이다 갈빛
알록달록 잦은 젊디젊은 청춘
환호하며 지른 유행 따라 퍼진
악동들의 찬가 고사리손 합창
여기 포동포동 둥근 아이들이
이토록 싱글벙글 들뜬 적이 있었던가

갈꽃이다 갈꽃
분홍 노랑 물든 아름드리 들꽃
봄꽃은 상큼한 향기 뿜어 대지만
갈꽃은 은은한 향수를 뿌린다네
가로수 낙엽 따라 날린 꽃눈 향연에
이만큼 오락가락 취해 멍한 적은 없었네

가을 타기

어느새 되게 가을이다
산들이 위부터 아래로
붉게 단풍 들어 흐른다
아이들 나들이 줄지어
신나는 계단을 외치며
오르락내리락 떠들썩
밤은 차고 낮은 따스해
사과 꿀물 드는 과수원
아침 창문 수직 낙하로
홀로 내리 날던 까치가
단물 들어 붉어진 감에
부리 쪼며 요란을 떤다
빨주노백 순서로 타는
불꽃처럼 가을 타리라

우정 다지기

동트기 전 반가이 만나
가는 길 끝 집 어묵 맛에 반하고
가슴속에 꿈꾼 자신감 채우려고
노루가 사는 길고 넓은 초원에서
기세 높여 출사를 하였다네
해 뜬 바다가 해무에 가려
하늘 구름 떠받치며 눈이 부시고
초장부터 섣부른 호기 부리려다
달력에 실릴 그림 같은 풍경 앞에서
호된 신고식 치르며 휘둘렸네
막걸리 반주로 장단 맞춰
천지 흔들리는 엇박자에 춤추고
욕심에 가려진 평정심을 찾아서
푸른 정기에 거친 벤트그라스에서
이리저리 널뛰며 정성을 다 바쳤네
따스한 온수에 몸을 녹여
쌓인 피로 달래며 정신 차리고
어설픈 체력에 보람이나 얻으려고
새콤달콤 가성비 좋은 낯선 횟집에서
끈끈한 우정의 잔을 높이 들었다네
온종일 함께 시공을 태우며
고된 근력 운동으로 잠을 뒤척여도
벅찬 감동과 추억을 얻기 위해
서로 응원하고 배려하는 세상에서
질긴 인연을 질리도록 즐깁시다

독서광

오늘 낮에
책을 샀다
꽃이 웃고
새는 노래
나무는 춤
아이가 된
기분 좋다
밤을 고대
마음 설레
흥분 떤다

〈환상〉

나에게 재능이 있으면 좋겠네
누군가 물려준 재간이 부럽네
자잘한 분복을 마음껏 누릴까
우연한 행운이 왔으면 기쁘리
행복이 넘치는 세상을 꿈꾸네

주) 분복(分福): 선천적으로 타고난 복

홀로서기

노루야
넌 왜 혼자
초원에 서서
풀을 뜯고 있느냐
네 어미는
어딜 가서 보이질 않고
너만 홀로 겁도 없이
한가로이 이리저리
위태롭게 배회하며
만찬을 즐기느냐

까망아
넌 또 따로
풀 벼룩 쪼며
먹이 찾아 섰느냐
네 아비는
하늘 아래 보이질 않고
너만 홀로 두려움 없이
천상천하 삼라만상
폭풍처럼 떠돌으며
창공을 누비느냐

여자 골퍼 신드롬

오랜만에 출장한 여전사들 반갑다
푸른하늘·흰구름·황금모래·금잔디 또다시 반짝인다

S. Y. 이는   S. Y. 김은
짝수 핸 비상, 홀수 핸 주춤   튼실한 체력, 역전의 명수
강력 스윙으로 자세는 휘청   모험 거는 빨간 바지 마법사

H. J. 임은   S. Y. 유는
루키 다승자, 예쁜이 미소   매치 강심장, 기부의 천사
선수들도 부러운 멋진 스윙   내셔널 타이틀 우승 사냥꾼

J. Y. 고는   I. B. 박은
샷 정밀한 표정 관리 달인   무표정 최연소 명예 전당인
세계 랭킹 영순위 메이저 퀸   세계 유일 골든그랜슬래머

장타가 유리는 하지만 우승의 조건은 아니다
승수가 많은 J. A. 신과 전관왕 차지한 H. J. 최
프로가 정확히 말해 준다

주1) 루키(Rookie): 투어별 프로 대회에 새로 입단한 신인 선수
주2) 내셔널 타이틀(National title): 국가별 최고 권위의 클래식 오픈 경기
주3) 메이저 퀸(Major queen): 투어 대회별 상금 규모 및 권위를 대표하는 클래식
    경기(보통 4~5개 지정) 우승자
주4) 골든그랜슬래머(Golden grand slammer): 세계 4대 메이저 오픈 클래식 경기
    와 올림픽 단식 우승한 선수

여름 나기

내가 사는 곳 여름은
철쭉이 시들고 지네
울 아기가 좋아하는
핑크 빛깔 꽃잎들이
찐 더위 햇살에 녹아
우박 맞은 낙엽처럼
켜켜이 뭉쳐 쌓이네
아기 눈동자에 물든
핑크 세상이 불현듯
녹음을 담아 비추네
때맞춰서 아가 너도
시원한 옷 갈아입고
물장구치며 놀자구

새벽 운동

낭만은 일도 없이
허송세월 흘러갔네
저이들처럼 우렁차게
웃고 떠들며 새벽 족구
매일매일 한 일 없고
저분들처럼 기운차게
똑딱 주고받는 테니스
치기도 없이 살았구려
옛것은 다 묻어 두고
새 벗을 찾아 노닐며
거칠게 살고 싶구나

손 시린 출근길

첫눈은 아니지만
첫눈처럼 느껴지는
의기소침한 아침
밤새 한 자세로
웅크리고 앉아
목덜미에 거미줄
치는 줄도 모른 채
상념에 빠진 조각상
황량한 바람에
날리는 광장 낙엽들
소용돌이 속에 뒹굴며
세상을 어지럽히네
갑자기 몰리는 인파에
까치는 놀라 날아가고
괘념치 않는 비둘기만
모이 쪼는 지상역
상행선 오르는 아씨는
긴 부츠 신고 똑딱이고
하행선 내리는 아낙은
운동화 접어 쓸며 가네

1월에

촉촉한 아침 출근하는 길에
치마 입은 학생들은
맨살 종아리로 앉아서
서로 키득키득 깔깔거린다
일월에 가히 볼 수 없는
흔치 않은 광경이다

포근한 오후 파크골프장 안에
채비 갖춘 어르신들이
삼삼오오 짝지어 편 가르곤
즐겁게 둥근 공을 똑딱 친다
일월엔 언감생심 볼거리로
귀한 장면 연출이다

캄캄한 밤 놀이터엔
장난감 가진 초동들이
미끄럼틀 줄져 오르내리며
새처럼 재잘재잘 노래한다
일월에 마주할 수 없는
보기 힘든 놀이로다

자연현상

때론 머리보다
몸이 먼저 안다

오늘따라 여자들
깔깔거림이 좋다

다들 살리라 애쓰는데
나는 죽을까 걱정한다

원인도 모르는 고통에
시름 하며 자책감 크다

세월에 약해지는 존재
어쩌면 강해져야 할까

연말

별 많은 길을 따라
동산 숲길 들어서니
마을에 없는 새벽 눈이
군데군데 흔적을 남겼네
오른 땀에 큰 숨 들이키니
상큼한 공기가 기운 돋우고
햇살은 따사롭고 조용하네
참새 두마리 짹짹짹
까치 하나만 꺅꺅꺅
고요한 정적에 반항하네
맑아진 몸에 정기를 품고
사뿐히 계단을 내려오니
양지바른 모퉁이 수풀에
고양이가 지긋이 눈 감고
한가로이 졸다 깨다 하네
아파트 단지에 들어서니
골바람 매섭게 몰아치어
뼈마디가 시리고 떨리네
자연은 포근한데
인생은 차갑구나

마스크

해 오름 여명에
새싹 돋아나고
밤새며 머금은
이슬로 목을 축인
햇살 눈부시다
우리 동네 광장
약국들 문 앞엔
이른 새벽부터
마스크 구하는
긴 줄 늘어섰네
코로나 일구란
공포의 행렬도
곧 꺼질 거라는
용감한 외침이
반복 강조돼도
막연한 공포는
더욱 재생되고
여기저기 널리
탄식의 아우성
멀리 퍼져 가네

애달픈 봄맞이

카페 안 낯익은 피아노
잔잔한 클래식 울리고
다기 찻잔 속에 담긴
구순 향이 공기 타네
적송 조각 받침대선
그윽한 솔향기 뿜고
수십 개 둥근 나이테
물결 파동 돋보이네
솔방울이 여기저기
장식되어 세워지고
창문 너머 솔숲에선
목련이 하얗게 피고
그 아래 그늘진 곳에
어린 천사 그네 타네
귀여운 마스크 쓰고
뛰놀고 큰 소리치는
아이들 숨 막혀 보여
애처로움에 안쓰럽네

나만 왜 이래

아무리 잘 살펴보아도
내는 눈치채지 못하고
쟤는 손쉽게 바로 찾는
눈속임 마술 숨은 그림
특기를 내보이는 감각
누군 있고 누구는 없는
태생 본능 차이가 있죠
진달래 분홍빛에 피고
개나리 노랑빛에 피고
참싸리 하양빛에 피듯
세상을 색칠한 나무들
자기 본색을 드러내죠
강아지 끌어 산책하고
고양이 안고 운동하는
아낙들 서로 친분 맺어
싱글벙글 웃고 웃기는
다정한 봄이 또 온 게지
내 마음은 소리도 없이
참아 온 퍼런 봄이건만
공원은 새소리 장단에
무지개 펼쳐 꽃물 들여
오색찬란 수놓았구나

위안 삼기

남자들에 친절한 천사께서
윙윙윙 거슬리며 뚝딱 잘랐다
잘린 옆머리 뭉치 훅 보인다
전엔 검은 털이 더 많았는데
이젠 외려 흰머리가 훨 많다
곧 올백 될 거란 믿음이 온다
천사 생긋생긋 미소 흘리며
손님 맘에 드세요 콕 묻는다
흐린 날 목메도 기분 좋은 척
아주 잘 깎으시네 칭찬한다
옷매무새도 바로잡아 주고
친절에 배인 눈인사도 준다
다음도 그대 손님 되길 빌며
맘 상처 받아 아파도 참는다

비애

이불 박차고 상쾌한 기분으로 크게 눈 비비고 기지개 편 후
매일 하늘을 보라 평생 단 한 번밖에 없는 소중한 그림이니까

두 시각 전 지난 조상은
구십 생 천수를 누리셨다네
유족들은 작은 담소 나누며
상심한 얼굴에도 담담한 표정
지으며 스치듯이 지나갔네

한 시각 전 나간 모상은   바로 전에 머문 애상은
사십 생 반수만을 채웠다네   열수도 견디지 못하였네
친족들은 울고불고 통곡하며   가족들은 퍽기 없이 오열하고
초췌한 얼굴에다 비통한 눈물   초주검 얼굴에 쓰라린 피눈물
흘리며 느린 발로 지나쳤네   뿜으며 기어 기어 한탄하네

                                              비통한 우정아
                                              모이라이 장난일까
                                              부지불식 단말마로 황강을 건넌
                                              너의 공주 금쪽은 널 두고
                                              나비 되어 별나라로 떠났구나

주1) 모이라이(Moirae): 그리스신화에서 인간 운명을 정하는 세 여신(클로토, 라케
    시스 및 아트로포스)
주2) 단말마(斷末摩): 숨이 끊어질 때의 마지막 고통

42

월계수

찬 바람 불던 이맘때 우연히
그분을 따라붙어 나갔지요
갈아탈 정류장에서 간신히
그분을 눈 뚫어져라 봤지만
그이는 날 전혀 모르더이다
그분을 만나 처음 설레던 날
친해지고 싶단 마음 전하자
분노의 몸서리로 짜증 내어
난 그만 쪽정이가 되었지요
어느 꽃밭에서 우아한 자태
뽐내는 그분에게 또 반하여
다시 한번 쪽지 유혹했는데
무심하게 모른 척한 그분은
내 자존심을 짓밟아 버렸죠
좋게 헤어질 결심하던 차에
마지막 둘 만남 요청했지만
지인들 모아 잔치를 벌였죠
그런데 오늘 정류장 나타난
이분은 그쪽 쌍둥이 같아요
그분 닮은 다른 짝을 보다니
그분과의 인연 그만 멈추라는
하늘의 뜻이라 받아들여야죠
내 조바심이 자꾸 커질수록
그분 무관심만 더 깊어 갔죠

정인이몽

당신을 목적지로
아기가 기어간다
똘망똘망 눈동자
등불 환하게 켜고
베개 넘어 옷장 열고
해맑은 눈웃음 짓고
바람 따라 항해한다
옹알옹알 손뼉 치곤
아장아장 손 날개 달고
구름 뭉쳐 빚은 엄마의
솜처럼 포근한 가슴에
버럭 안기며 기뻐한다

요람을 안으려고
엄마가 날아든다
방긋방긋 반달눈
칠색 무지개 깔고
나비처럼 하늘 올라
한바탕 눈 미소 짓고
햇살 타고 비행한다
우리 아가 춤을 추곤
스륵스륵 돛을 펼쳐
파도처럼 하얀 아가의
눈처럼 뽀송한 살결에
호호 비비며 노래한다

산울림

산이 으르렁쿵쾅 운다
폭포수가 거꾸로 솟는
통한의 울분을 토한다
목사 부모 둔 신학도란
악마의 탈을 쓴 무서운
장안 부부의 미움으로
온몸에 시린 피멍 들고
일곱 여린 뼈마디 골절
선례 없다는 췌장 절단
핏물 고인 풍선배 달고
포근한 선생님 품에서
마지막 휴식을 취하곤
간신히 일어나 담담히
양부의 가슴에 안긴다

알 길 없는 꾀임에 낚여
한숨도 내뱉지 못하고
사자를 조용히 따른다
해맑은 미소와 행복은
실바람 삭듯 사라지고
십육 개월 짧은 역사로
산 사람 가슴에 박힌다
올바르고 어진 사랑아
크게 울고불고해봐도
가슴속 시린 그 이름아
고사리처럼 짓밟힌 꿈
나무 되어 결실 맺거라

주) 장안: 장씨와 안씨

54일

새벽이면 나타나
들창문 지붕 쾅쾅 때리며
단잠 깨워 설치는
소란스러운 장맛비
차라리 낮에 퍼부으면
하루 일이 졸리진 않으련만
왜 이리도 물 폭탄 쏟아지는가

댐 수문이 열리면
물보라 연무 펑펑 날리며
강둑 범람 터지게
몸서리치는 장대비
미리 알려 방류하면
농촌살이 황폐화 막으련만
또 그렇게 수재난 반복되는가

시작은 육이사
종전은 팔일육
오십사 일간 장마 전쟁
사는 동안 가장 긴 한숨
아줌씨는 나날이 슬프고
아저씨는 매일이 힘겹네
오 이토록 인생고 계속되는가

낙화유수

오랜만에 공원 숲길
산책로 따라 오르니
해맑은 대낮인데도
병준이의 일행 넷과
마주치고 무릎 친다
헤헤 웃으며 손들어
반갑다 건네는 병준
느닷없이 날 때린다
왜 이리 늙어 버렸지
내가 그리 보인다고
한껏 위축되어 급히
잘 가란 말 뒤로하고
위로 걸음 재촉한다
계단 능선에 오르니
뻐꾹새 2시 방향에서
또 10시 방향에서도
번갈아 짝을 부른다
눈에 보이진 않지만
여름이 왔다는 신호
10시 방향 길로 틀어
어느 나무 곁 지나니
뻐꾹 노래 딱 멈춘다
조금 앞으로 가니까
뻐꾹뻐꾹 속도 높여
불난 경보처럼 운다

회오리

회색 하늘 비스듬히
두 눈 띄워 바라보는
알록달록 여신 풍모
여름 태풍 너울 파도
세찬 칼바람 풍파에
밀려 일그러진 얼굴
다시 잔잔한 물결에
더욱 인자해진 표정
따스히 웃는 홍조 빛
요정의 화사한 인상
붉고 퍼런 낙엽들만
숲속을 날아 쌓이네

먹이 활동

여우동산 산책로 벌목에 기름 발라
갈아 놓은 계단 길 나무숲에 새어든
햇빛에 반짝이는 발치 아래 계단 밑
검은 머리 까치가 날개 펴고 앉아선
한가롭게 평안한 일광욕 즐기시네
애정에 바라보니 뒤통수 싸한 기운
그늘 속 흑고양이 실눈 뜨고 노림수
둥근 눈 밝게 켜고 싸리 속 스며드네
그제야 놀란 까치 나무 위 솟아 숨네
출구로 들어서니 검푸른 물까치가
담장에 꼬리 세워 누군가 막 놓고 간
길냥이 밥통 물통 신중히 노려보다
발소리에 놀라선 숲속을 날아가네
난 또 나도 모르게
이래저래 사슬 깨는
선한 못난이일세

분갈이

늦겨울 봄 같은 날씨에
화분에 흙을 구하고
이름 모를 다육이네
새집을 꾸리고
양토도 갈았네
물도 조금 주고
적신 솜으로
잎 먼지도 닦아 주니
새싹처럼 단정해진
애완식물
날은 뿌옇지만
햇살은 따스하니
곧 꽃도 피우리라

여자 백구

여배는
하얀 천사들
인생의 향연
서로가 신날 땐
기뻐 부둥켜안고
실수해도 서로
토닥 다독여 주며
합작품 완성할 땐
함께 돌며 흥 내고
아쉬울 땐 가슴속
깊게 안아 주는
인간미 넘치고
아이들 응원하는
정겨운 마당놀이

벅차게 올리고
사뿐이 띄워서
힘차게 때리는
삼박자 춤사위
강공이 통하면
몸을 빙빙 돌고
강공을 막으면
둥근 원을 돌지
불리한 상황에도
마땅히 줄건 주고
때를 기다리며
반전을 일구지
인생역전 펼치는
꿈같은 공연놀이

신바람 불면
여배 항로는
순항을 한다네
백구를 날리면
빨노백 색들이
아롱져 돌진하고
둥근공을 따라
단짠맵신쓴 맛
오감을 느낀다오
맹공과 호수비를
길게 주고받으면
천사들 땀방울에
감동이 커지는
즐거운 소꿉놀이

51

공백

잘 떠오르지 않는 단어로
누가 그 언어를 찾아 주랴
내 아들이 관련된 일인데
뭐라 하는지 좀 애매한 걸
(청춘이니 군인은 어때요)
비슷하지만 그건 아니야
보건소서 어찌한다는 것
(군무원 호칭은 아닐까요)
그것도 아닌 것 확실해요
(그렇다면 군의관인가요)
그건 더더욱 아닐 테고요
예전엔 방위라 부른 건데
(그럼 공익이 들어가지요)
아 맞다 그 공익근무요원
그거 신청하면 글쎄 사 년
대기해야 한다고 하네요
그리되면 내 아들은 대체
몇 살 돼야 제대하는 건지
눈앞이 깜깜하다 하대요

새해 전야

달이 왔느냐
아직도 안 왔느냐
별은 벌써 와서 기다렸는데
달이 오질 않아 별빛만 반짝이네
만미 밤 어두우니 어서 달아 산하를 밝혀라

별은 가느냐
달과 별 따로 가냐
어젠 나란히 줄을 맞췄는데
달은 온 데 없고 석별만 달아나네
호랑 해 막달은 느긋하게 거북 걸음마더냐

달아 떴느냐
어떤 모양이더냐
반은 검고 반은 금색일 텐데
구름 없이 맑은데 넌 보이질 않네
토 선생 맞으러 지붕 위로 폴짝 떠올랐구나

별이 더 있냐
샛별이 둘이더냐
달 배는 점차 둥글해질텐데
밝게 빛나는 별이 둘이나 되네
어느 쪽이 사랑을 밝혀 주는 진짜 별이더냐

철두철미

나는 내가 짜 놓은 계획대로
일을 실행해야 한다
과정이 하나라도 어긋나면
나는 언짢아진다
슬픈 마음이 들지 않게
세심하게 일정을 짜야 한다

나는 내가 상상한 그림대로
꿈을 실현해야 한다
색칠이 하나라도 안 맞으면
나는 좌절하게 된다
희망이 무너지지 않게
꼼꼼하게 인생을 설계한다

길벗

얌전한 비둘기 노리고
사나운 까치도 덮치는
솔숲의 상위 포식자로
맹위 떨쳐 포악한 너는
날 보곤 깜짝 놀라지만
상냥한 눈웃음치고는
다소곳이 앉아 살핀다
내 말에 귀 기울이지만
내 곁에 다가오질 않는
공손한 야생의 고양이
오늘도 널 또 보고 싶어
한 발 한 발 옮겨 왔구나

힘 빼기

힘을 빼라
부드럽게 못질해야 하느니
그래야 몸 쓰임새 부침 없이
온전히 목수 일 이어 갈 게다
아직 어려 힘으로 다루지만
자꾸 일하다 보면 힘 빼기가
가장 큰 재주임을 알 것이다

힘을 빼라
부드럽게 휘둘러야 하느니
그래야 제대로 자세 만들어
완전한 골프를 즐길 수 있다
아직 초보 힘으로만 치지만
계속 배우다 보면 힘 빼기가
가장 큰 기술임을 알 것이다

힘을 빼라
부드럽게 연주해야 하느니
그래야 박자 맞춰 춤추나니
완벽한 공연을 펼칠 수 있다
아직 서툰 재기로 다루지만
계속 경륜 쌓으면 힘 빼기가
가장 큰 예술임을 알 것이다

위를 봐라

여봐라
거봐라
아무 소용없질 않냐
제아무리 잘 달려도
펄 걷기는 게가 위다

거봐라
자 봐라
아무 약도 부질없네
제아무리 용을 써도
피로 품은 잠이 위다

자 봐라
해 봐라
아무 빛도 밝질 않네
제아무리 기를 써도
눈부심은 해가 위다

해 봐라
춰 봐라
아무 노래 홍이 없네
제아무리 끼 부려도
신바람은 춤이 위다

즐거운 삶

돌산 오를 땐
너와 나 하나 되지
시작은 가뿐하고
굽은 길도 수이 가네
중턱을 타다 보면
숨이 막혀 힘들고
시련도 따르지만
다 참아 낸다네
정상에 오르면
세상 기쁨 다 품고
꽃 미소 활짝 핀다네
내리막길은
한결 편해
생각의 틈도 없이
산 내림은 끝난다네
하루살이 인생
느낄 틈도 없이
바람처럼 스치네

한고비 넘기며

늦은 점심 허기 채우려고
식당가 골목길 들어서니
낯선 벌이 앞을 윙윙거리다
바지 주머니로 쑥 들어가선
나오질 않고 아래로 파고든다
쏘일까 봐 손 넣어 꺼낼 수 없고
발을 동동 구르며 나오라 해도
모습을 숨기며 더욱 버틴다
아아 어쩌나 혼란스럽네
쏘이지나 않을까 노심초사하네
그냥 잠자코 놀이터를 향해
재촉하며 큰 걸음으로 걷는다
그러자 속도에 놀랐는지
그놈 자진해서 나오더니
차바퀴 아래 그림자 속으로
자취 감추곤 이내 사라지네
허허 헛웃음만 문뜩 솟는다

사과 반의반 쪽

아침이면
습관적으로
사과 반의반 쪽을
쪼개어서 먹는다
한 모금 껍질째 깨물면
시큼함이 뇌를 깨우고
이내 씹어 잘게 부수면
꿀처럼 달달한 기쁨이
마음을 즐겁게 한다
마지막 살을 발라서
쪽쪽쪽 단물을 빨아
앙상해진 씨방에다
마지막 입맞춤한다
내일은 더 달게 하소서

수민 아리랑

어제는 거리에서
수민아 방가방가
반가이 만나 아라리오
가로수 녹색에서 빨강으로
또 노랑에서 갈잎으로 변하는
쓸쓸한 가을이라 아쉬워 마라

오늘은 공원에서
수민아 키득키득
기쁘게 만나 아라리오
공원수 각양각색 아롱지고
또 찬 서리에 얼룩무늬 배겨진
쌀쌀한 환절기라 미워도 마라

내일은 숲속에서
수민아 사뿐사뿐
예쁘게 만나 아라리오
수풀림 눈꽃 송이 대롱대고
또 동장군의 얼음 빙벽 쌓여도
혹한의 동절기라 떨지도 마라

사랑 꽃

사랑은 기쁨
청춘의 발걸음으로
사뿐사뿐 달려가
즐겁게 서로 만나
봄 잊은 철쭉마냥
분홍-하양-빨강-노랑
상앗빛깔을 한데 모아
꽃동산 만들어
방긋방긋 미소 담아
사랑 약속 세운다네

사랑은 행복
기똥찬 손놀림으로
둥실둥실 춤추며
끈끈한 열정 쌓아
불타는 장미처럼
빨강-분홍-하양-노랑
상앗빛깔을 뭉개 놓아
꽃동네 집마다
새록새록 향기 뿜는
사랑 맹세 다진다네

다시 봄

그댈 바라보는 게
어디 한 번일까요
또다시 올려 보고
다시 또 살펴보고
한주·한달·한해를
눈웃음 짓는다오
입꼬리를 올리고
미간도 찡그리며
자꾸자꾸 본다오
눈에 가득 채워도
아프지 않는 당신
보면 볼수록 더욱
사랑 샘 솟는다오

박애

나는 나를 아껴 준다오
나는 소중하니까
나 자신을 존중하면
다른 이도 존경할 수 있죠

나는 나를 좋아한다오
나는 애틋하니까
나 자신을 안아 주면
어떤 이도 사랑할 수 있죠

나는 나를 자랑한다오
나는 위대하니까
나 자신을 추어주면
모든 이도 칭찬할 수 있죠

주) 추어주다: 정도 이상으로 높이 칭찬하다

연심

맥주는 언제 사 줄 건가요 어여쁜 당신
나에게 맥주 한잔 사 줘야 하지 않나요
비록 맥주 사 준단 약속은 안 했다 해도
나랑 술 한잔하고 싶단 속마음 읽혔죠
당신은 참으로 많이 닮았지요 달이랑
하얀 구름에 싸여 눈부심 없이 빛나죠
다채로운 표정 지며 님의 심장을 뚫고
바닷속 심연에서 차오르는 기포처럼
수많은 연꽃을 수면 위로 뿜어 대지요
못난이 노랫말로 사랑가 부른다 해도
가슴속 번개 치는 가락에 훅 빠져들죠
당신 더 아껴 주지 못해서 아련하지만
난 누가 뭐래도 영원히 달맞이꽃이야

첫눈 오는 날

졸음 달고 일어나
게슴츠레 눈을 뜨고
손 바가지 만들어
물 담아 눈에 뿌리니
거울이 물결처럼 흐른다
덜 깬 눈을 비비고 또 보니
점점이 흐르는 반사 물체
뒤돌아 밖을 보니
첫눈이 펑펑 내린다

아직도 가슴이 떨리는
첫사랑 당신도
이 광경을 보고 있나요
거울 앞에서 푸릇푸릇한
향기를 여전히 뿜내고 있겠지
반백 뇌리에 스치는
여전히 스무 살 푸른 청춘
영원히 그 모습으로
나를 위로해 주길 바라오

추억 탈피

어릴 적에 난
늘 주인공으로
조명받는 기대주
왕자로 여겼는데
요즘 그 위용이
불타는 연기처럼
사라져 버려요

과거에 친했던
그 친구에게서
재미나고 즐거운
우정을 쌓았는데
지금은 그 얼굴도
아른아른거리며
멀어져 버려요

지난날 사귀던
그 사람에게서
따뜻하고 정겨운
사랑 봉 세웠는데
오늘은 그 손길도
더듬더듬거리며
잊혀져 버렸소

짝사랑

사랑 앞에선
눈물이 나와
흠 들킬까 봐
마른 입가에
미소를 띠어
슬픔 머금네
이루지 못할
짠한 사랑심
낭만은 자꾸
질투로 타네
첫눈에 속아
버려진 청춘
빛이 다하면
다시 안기리

가슴속 사랑

아침 시상을 기억하려 애를 씁니다만
머릿속 지우개로 말끔히 사라졌지요
아무리 머리를 쥐어짜며 골몰해 봐도
다시금 떠오르는 태양을 볼 수 없지요
어떤 사랑의 비가를 애타게 연출하는
서정적인 감성을 쓰려고 했을 겁니다
잊혀진 사랑 글을 다시 찾아서 쓰려고
달달했던 옛사랑 소재를 들춰 보겠죠
푸른 청춘과 맑은 정신을 가졌던 사랑
첫눈에 반해 홀리듯 카페로 이끌려 가
커피라도 마시면 묻고 되묻는 대화는
줄줄이 얽혀 시간 가는 줄도 몰랐겠죠
다시 못 올 사랑아 가고 싶다 말하지만
가서는 안 될 사연에 마음만 졸이겠죠

벽 거울

네모난 세계 안에
노랑 청춘 들었네
머리 빗고 까르르
분 바르곤 헤헤헤
좌우로 도리도리
허리도 요리조리
자신감 살피고는
님의 눈길 흘리네

동그란 세상 속에
빨강 청춘 들었네
긴 머리 늘려 땋고
눈썹에 붓질하곤
턱을 괴고 아아아
입술 벌려 호호호
필살기 무장하여
님의 불길 사르네

창조

여인이여	상남자여	연인이여
스스로를	우직하게	다정하게
꾸미고요	가꾸고요	안아 줘요
그 모습을	그 자태를	그 연정을
바라보고	으쓱대고	품어 주고
감싸 주며	자랑하며	아껴 주며
짝 생기면	벗 생기면	꿈 생기면
아리따운	멋스러운	다채로운
그림으로	조각으로	꽃 자수로
빛나시오	눈부시오	활짝 피소

밤 카페에서

나는 말을 하고 싶습니다 당신과 함께
녹차를 시켜 놓고 가슴으로 주문합니다
오늘은 제발 나하고만 대화를 하십시오
오직 나 하나만 당신의 손님이길 빕니다
당신의 눈동자는 거울 속으로 들어갔지요
그 속에서 내 시선만 훔쳐 바라보십시오
당신의 자리가 대가의 명화 속 소실점처럼
세인의 눈길을 자석처럼 꽉 끌어당기지요
아무런 색깔도 배경도 없는 빈 도화지에서
우리 둘이 서로를 빤히 바라보면 좋으련만
당신은 어둠 속 유일한 횃불처럼 빛나면서
숨지도 않고 숨길 수도 없는 보름달이지요
나는 눈을 감아도 당신이 또렷이 보입니다
당신이 내뿜는 공기로만 숨을 쉴 수 있지요

주) 소실점: 실제로는 평행하는 직선을 투시도상에서 멀리 연장했을 때 하나로 만나
    는 점

72

너도 사람이지

어여쁜 자태 옷맵시 폼 나고
능숙한 품격 말솜씨 신나고
산뜻한 기분 꽃 미소 반기는
티끌 하나 없이 완벽한 마녀
너도 한 번은 실수를 할 테지
그땐 재미난 지적질 할 거야
속으로 번쩍 손 만세 부르며
네 얼굴엔 달군 달이 뜨겠지
기회는 우연히 찾아온다고
잘 나가다 갑자기 깜찍이가
예상 못 한 말실수를 하다니
그게 아니다 말을 건네니까
호호 오늘 왜 이러지 흘기며
능구렁이 담 넘듯 흔적 없이
당당히 넉살 좋게 바로 잡네
다들 잘 알아듣고 넘기는데
선배만 눈치 없이 무안 준단
머쓱함이 잠시 스치고 가네
역시 귀요미 빈틈이 없어라
선녀도 사람이라 자랑하네

신혼여행

나 와   너 와   우 리
함 께   같 이   모 두
즐겁고   신나고   기쁘고
편안한   후련한   행복한
여행을   노래를   사랑을
떠나자   부르리   나누자

막바지 농사

가을걷이 끝나 가는 시절
지난번엔 들깨를 털더니
이번엔 가을 벼 탈탈 터네
밭에 남겨진 배추와 무로
김장 담글 일만 남았구려
낙엽은 바람 따라 구르고
머릿결은 하늘로 날리지
긴 장마 때 고된 숨통에도
한바탕 웃어넘긴 농사가
막바지 수확 길에 섰구나

친목

비가 와도 가나요
아니 그냥 가지요

눈이 와도 가나요
아니 갈순 없지요

님이 와도 가나요
아니 가질 못하죠

모델

당신은 사과입니다
손도 까딱하지 마세요
세상 편한 자리에 모실게요
반짝이 유리 구두 신겨 주고
다홍치마 빙 둘러 매 줄게요
모란 무늬 비단옷 걸쳐 드리고
황금 허리띠로 감싸 드릴게요
다이아 반지 귀걸이 채우고
옥 진주 목걸이 걸어 드릴게요
입술은 장미꽃처럼 붉혀 내고
코는 삼각산만큼 높일게요
말 눈처럼 쌍꺼풀 치장하고
이마는 은색 반달로 덮을게요
반곱슬머리로 땋아 내리고
보석 티아라 씌워 드릴게요
당신은 그저 숨만 쉬세요
나머지 영광은 맡겨 주세요
사랑 샘솟는 비너스로
꽃 미소 넘치는 천사로
백옥 살 빛나는 선녀로
부활시켜 여왕처럼 받들게요
허허허 왜 웃지 사과 님께서
너나 잘 그리세요 언성 높다

주) 티아라(Tiara): 반원 형태의 머리띠처럼 쓰는 왕관

마음가짐

산은 높고
내는 깊다
어린이 마음에

구름 많고
강은 맑다
청년이 마음에

우주 멀고
바다 넓다
중년이 마음에

밤은 검고
낮은 희다
노년이 마음에

제대 제언

그대에게 일러 줄 말이 있네
비로소 너는 사회로 나왔구나
목표가 세워지길 바라지 말고
잠시 쉬면서 상상력 끌어다가
네가 진짜 하고 싶은 걸 하렴

인생은 자신의 꿈대로 달린다는 걸
떫다가도 새콤할 수 있고
쓰다가도 달콤하게 달구면서
매번 희로애락 진통 엮어 수놓은
진실한 영혼을 채우는 강이라네

지혜는 자신 삶을 거울처럼 살핀다는 걸
어리둥절해도 뜻밖의 혜안을 얻고
좌충우돌하다 황금산맥도 찾는다네
매번 이색 체험으로 견문을 넓히며
박학한 지식을 가려 모은다네

행복은 자신의 고락 빚은 조각상이란 걸
씁쓸하다가도 기쁨 열매가 되기도 하며
어색함 딛고 뜻 모를 환호성도 지른다네
매번 상상의 단꿈을 쫓는 에너지이며
가슴 뭉클한 감동을 견고히 맺는다네

허세

마음잡고 다짐하네
내일부터 금주할께
하루이틀 너무쉽네
삼일넘겨 일주되니
기운빠져 멍멍짖네
삼주넘어 한달되니
두손들어 맹세하네
금주말고 절주하세

상심

센바람 부는 날
가로수 산책길에
느티나무 낙엽이
비처럼 쏟아진다

그 일 있고 나서
조금만 슬퍼져도
속이 상한 눈물이
줄줄줄 떨어진다

녹지

앉아선 꼬불꼬불 굴곡진 구릉
서서는 반들반들 평행한 능선
어느 날엔 비둘기 떼 모여 날고
또 어느 날엔 까치 떼 재잘대고
다음 날엔 까마귀 떼 공중 도는
날마다 연출 바꾸는 작은 무대
오고 가는 하늘 손님도 많지만
정착해 바람 타며 맑게 숨 쉬는
참나무도 서고 소나무도 서고
들국화도 피고 맥문동도 피고
호랑나비 날고 호박벌도 나는
이름이 없어 소문도 모르는 숲
제발 사람 손 타지 않고 영원히
태고의 정기를 쭉 간직하소서

듣던 노래

어디선가 울려 퍼지는
강한 리듬 빠른 박자에
으응 흐응 흥얼거리며
밤길을 타는 나그네야
예전에 들어 익숙해진
폭스트롯 따라 부르며
노랫말에 반전을 넣어
편한 노래로 읊조리게
짓눌린 어깨 흥 취해서
봇짐도 가볍게 하려마

주) 폭스트롯(Fox trot): 2/2박자나 4/4박자의 비교적 빠른 템포의 춤곡

리라 꽃

하늘색 옷 걸치고
촉촉해진 사연에
그 애란의 눈시울
붉어진 눈동자를
또 보니 애처롭네
잠시 후엔 웃을까
반전을 고대하네
미스킴 라일락은
젊은 날 추억 담아
보랏빛 첫사랑에
순백 맹세 지키며
독한 향기 날리네

파국

날벼락이 울고 갔다
센바람도 불고 갔다
남은 건 곧 사라질
먼지뿐

병뚜껑이 튕겨 갔다
술 향기도 스쳐 갔다
남은 건 곧 증발될
열기뿐

잔소리가 흘러갔다
분 냄새도 사라졌다
남은 건 곧 잊혀질
추억뿐

봄비

공원이 밤새 축축해져
고요한 적막이 흐른다
아침 빛이 열기를 뿜어
인적은 없어도 몇 마리
새들이 들고 날고 한다
날 밝고 다시 어두워져
빗줄기가 더 굵어진다
이젠 새도 날지 않는다
검 빛 구름 하늘을 싸서
구석구석 더 적적하다
비는 멈춰도 발길 없다
불시에 덮친 강추위로
갈까 말까 마음도 급랭
내일에나 햇님 쨍할 때
생동감 채워 모여들지
그때 나도 발 떼고 가리

요람

부모는
보살펴
보듬고
보태고
보호해
아기를

아기는
빤히 보고
흘려 듣고
내음 느끼고
옹알 말하고
으앙 노래해

요람은
생겨나
몰라서 울고
숨 쉬며
알고도 울지
타종을 하지

천하장사

황토 흙 굳어진 땅에
한 점 바람도 없는데
들썩들썩하는 낙엽 잎
움직임을 잘 살피니
아래 숨던 개미 나와
작은 주둥이로 물어
널따란 활엽수 잎을
마력으로 끌고 가네
한 바퀴 돌아서 그 자리
낙엽 배 꼼짝도 않길래
들춰 보니 개미집 구멍
입으로 잘게 간 흙더미
분화구 토성 쌓아 두고
때 이른 따가운 햇살을
가리려고 그리 힘썼네
굴속 꿀단지 지키려고

감전

나의 당신
더우면 목물 치고
추우면 안아 주오
기쁘면 웃어 주고
슬프면 울어 주오
그러다 어쩌다가
행복함 찾아들면
그 느낌 전해 주오

단짝

가갸 그러니까
애란이 말이야
참으로 예쁘지
마음씨 착하고
예의도 바르지
상냥해 꽃피고
화사해 해맑지
이름을 빛내서
천사라 부르지
짝이랑 있으면
스르륵 잠들어
행복을 꿈꾸지

합심

힘 합쳐 가자
너랑 나랑
누구 하나
사심 없이
힘 보태서
같이하자
등산할 땐
서로 끌어 주자
낙오 없이
산을 오르자
쪽배 탈 땐
함께 노를 젓자
배섬 없이
강을 건너자

추모

아기는
태어나
눈엣가시였다가
자라서
목 가시로 변했고
독립해
가슴 못도 박았네
엄마는
아픔을
여울처럼
흘려 버티시네
아빠는
대포 한 잔 남기셨지
살아선 미운 약주가
등지곤 그리움 적시네

실연

동네 뒷동산 앞선 두 사람
저만치 가고 뒤를 따르네
탑 단 오르고 돌단 오르지
정상선 여자 남잘 부리지
웃게도 하고 울게도 하지
눈물 나게 무릎도 꿇리지
저놈 배알 없이 굴종하지
날 만나 흘려 눈멀게 하곤
묘약 잘못 써서 어긋났지
하산 길 누운 통나무 계단
따박따박 잘도 내려가네
산 아래 고개 갈림길에서
너흰 동쪽 장미골로 가라
난 서쪽 나리골로 가련다
우리 셋 다신 만나지 말자

사계

꽃은 피고 지고
진달래 피고
매화가 지고
헛기침하고 나면
꽃은 다시 지고 피고
진달래 지고
철쭉이 피고
실바람 크게 불면
철쭉이 지고
아까시 피고
열기를 높인다

꽃은 피고 지고
장미꽃 피고
황매화 지고
휘파람 불고 나면
꽃은 다시 지고 피고
장미꽃 지고
국화꽃 피고
칼바람 스쳐 가면
국화꽃 지고
억새꽃 피고
눈꽃을 날린다

소임

안개낀 들판에 꽂힌 허수아비
밀짚모 둘러싼 축축한 어깨에
참새가 앉으면 짹짹짹 잔소리
까치가 앉으면 깍깍깍 불호령
까마귀 앉으면 꽈아악 공포탄
굉음을 내질러 대지를 깨우지
아침을 알리고 날밝아 해뜨면
표정을 바꾸지 새들은 가라고

산적

잎 넓은 참나무 숲에는
피리 부는 새들이 많지
가장 큰 나뭇가지 자리
까마귀 홀로 차지하자
물까치 떼로 덤벼드네
또 다른 까마귀 지원군
가세하니 물까치 모두
다른 고지로 쫓겨 가네
이번엔 까치가 용기 내
왕좌 자리 도전하지만
덩치에 밀려 물러가네

적수를 모두 물리치고
까마귀 바닥 곤두박질
생쥐라도 덮치는 걸까
빈 부리 달고 걷고 나네
해 뜨는 아침 상쾌한데
참숲 새들이 부산 떠네
아침 준비로 바쁜 게지
순간 덩치가 쏜살같이
참나무 속에 빨려드네
나무가 파닥거리더니
까마귀 솟구쳐 오르네
부리로 뻘건 물체 물고
옥상으로 모습 감추네
물까치가 둥지로 들어
울고불고 북을 울리네

뫼옷

산채만 한 천상의 거구들이
하늘의 벌로 떨어져 굴러
바위에 묻혀 굳었지
헐벗은 채로

추운 날엔 흰 구름에 뒤덮여
하얀 눈보라 쌓이고 얼어
순백 피부 자랑하지
백의 천사처럼

해가 생겨 새 생명이 싹트며
연두에 분홍·노랑·하양 색깔
꽃물 들여 치장하지
무지개 아동복처럼

해가 뜨거워져 이글거리면
시원한 초록 물감 떡칠하여
녹음 짙게 바르지
바다 수영복처럼

해가 식어 열매가 익어 가면
생명 잉태한 씨앗 만들어
알록달록 수놓지
호랑 모피처럼

고독

학교에 갔다
아무도 없다
하지에 속아
너무 일찍이
홀로 나왔다

직장에 갔다
야근도 해라
태산에 쌓여
너무 일찍이
몸이 지쳤다

나이가 찼다
집에만 있다
세월에 눌려
너무 일찍이
홀로 되었다

장님

있어도 그만
없어도 그만
금연 딱지
혈기로 피고
연세로 피고
아랑곳 않지

있어도 그만
없어도 그만
낙서 금표
호기로 쓰고
취기로 쓰고
죄의식 없지

노랫말싯구

ⓒ 박울보, 2023

초판 1쇄 발행 2023년 7월 12일

지은이   박울보
펴낸이   이기봉
편집   좋은땅 편집팀
펴낸곳   도서출판 좋은땅
주소   서울특별시 마포구 양화로12길 26 지월드빌딩 (서교동 395-7)
전화   02)374-8616~7
팩스   02)374-8614
이메일   gworldbook@naver.com
홈페이지   www.g-world.co.kr

ISBN   979-11-388-2092-9 (03810)